月と踊る

鼻うたで おどりあかそう 今宵月に誘われて
価値ばかり求めずに 風の気持ちいいうちに
さあ 行こう

つまらない争いはもう 夜のうちにサヨナラを
涙のかわりに星を 憎しみには抱擁を
魚のように泳いでいけないの でも それでいいの

key = B♭

今は ゆらり ゆらり 月と踊らせて
水面 ぽつり ぽつり 波紋が重なる
少し寂しい夜も 君がいてくれる
僕は 今日も 明日も うたを うたうんだよ

君のことが とても好きさ
笑っていて ほしいだけさ

今は ゆらり ゆらり 月と踊らせて   海に ふわり ふわり 浮かぶ舟のように
少し うれしい夜も 君がいてくれる
僕は いつも いつも 愛を うたうんだよ

うたえなくなったとりと
うたをたべたねこ

絵・文　たなか しん

歌　竹澤 汀

求龍堂

ふるぼけた　いえの　ふるぼけた　まどから
とりは　ただ　そとを　ながめていました。
「だって　もう　うたえないんだから。
きもちいいかぜを　かんじてもね」
と　とりは　おもいました。

いつも　とりの　うたを
ききに　きていた　ねこは
それなら　とびかかって　やろうかと
おもいましたが　やめました。

「うたわない　とりなんて
うろこだけの　さかなと　おなじさ」

さようなら　と　いったはずの　ねこは
それからも　まいにち　とりの　もとへ
やってきました。

「きみは　うたえないんじゃなくて
うたわないんじゃないかい？
きっと　どんどん　そばにくる　ぼくが
こわくなったんだよ」

とりは　おもいました。
「そうかもしれないわね。
だって　あなたは　どんどん　わたしの　そばへ　きて
わたしの　うたを　のこさず　たべてしまったんですもの」

「うたを　たべただって？」

……とんだかんちがいだね
と　ねこは　ちいさく　つぶやいて
ひょいっと　まどから　とびおりました。

もう　にどと　ねこは　こないだろう
と　とりは　おもいました。

よくじつ　ねこは　きれいな　びんを
くわえてきました。
「これは　きっと　うみを　こえてきたんだ。
ずっと　とおくの　しらないまちで
だれかが　おいわいに　のんだんだよ、きっとね」

とりは　どんなくにの　どんなひとが
どんなときに　のんだのだろうと　おもいました。

つぎのひ　ねこは　カメラの　フィルムを
くわえてきました。
「これは　まだ　ただの　フィルムだけど
なにが　うつっていると　おもう？
きっと　みたこともない　きせきみたいな　いっしゅんが
えいえんに　とじこめられて　いるんだよ」

とりは　どんなに　すばらしいものが
うつっているんだろうと　そうぞうしました。

またつぎのひ　ねこは　まがりくねった
はりがねを　くわえてきました。
それが　ちえのわだとは　しりません。
「こんな　ふしぎな　かたちを　みたことあるかい？
これは　きっと　ひみつの　ぎしきに　つかうんだよ。
おまじないかも　しれない。
どんなまほうが　かかっているか　きみに　わかるかい？」

とりは　どんな　まほうが　かかっているんだろうと
そうぞうすると　なんだか　ドキドキ　しました。

ねこは　まいにち　まいにち

みたこともないようなものを　はこんできました。

きれいなもようの　かいがら

へんなかたちの　いし

おおきな　はっぱ

こわれた　おもちゃ

やぶれた　えほんに

よごれた　ぬいぐるみ

ほうせきの　とれた　ペンダント

だれかの　てがみ

オルゴール……

そのたび　ねこは　ものがたりを　かたるのです。

まるで　じぶんが　みてきたように。

ガラクタは　とたんに　かがやいて　みえました。

とりは　うずうず　ざわざわ
いまにも　うたが　とびだしそうでした。
どんどん　どんどん　ふくらんで
こころが　はりさけそうでした。

……でも　とりには　もう
うたうことは　できませんでした。

だって　とりは

はくせい　だったんですから。

ふるぼけた　いえの　ごしゅじんは
とりの　ことを　とても　あいしていました。
ごはんを　たべるのも
りょこうに　いくのも　いつも　いっしょ。
でも　とりは　ごしゅじんより
ながいきでは　ありませんでした。

かなしみにくれた　ごしゅじんは
あいする　とりを　はくせいにして
まどべに　そっと　おきました。
まどからの　ながめと　やさしくふく　かぜが
とりは　とても　すきでしたから。

ごしゅじんは　それから　まいにち
とりと　いっしょに　うたった　うたを　ながしました。
ねこは　いつも　それを　まどの　したで
きいていました。

あるひ　ごしゅじんは　とおいくにへ
でかけていきました。
とりは　まどべに　おいたまま……
とりは　でかける　ごしゅじんを　みて
おもいました。
「あれ？　きょうは　いっしょに
つれていって　くれないの？」

ごしゅじんは　とりの　こころが
まだ　のこっていることを　しらなかったのです。

しっていたのは　ねこだけ　でした……

がらくただらけに　なった　まどに
ねこは　なにも　もたずに　やってきて　いいました。

「きみの　ひみつを　ぼくは　しっているよ。
でも　それは　ぼくだけの　ひみつなんだ。
だから　ぼくの　ひみつを　きみに　おしえてあげるよ。
きみの　ひみつだけを　しっているなんて
ふこうへい　だからね」

これいじょうの　おくりものは　ないとでも
いいたげな　ねこが　とりは　すこし　おかしくて
すこし　むねが　きゅんと　しました。

「ぼくは　きみが　すきなんだ。
きみの　うたより　ずっとね」
そういって　とりの　くびに
がぶりと　かみつきました。

とりは　とても　びっくりして
いたいと　いおうと　したけれど
まったく　いたく　ありませんでしたし
こえも　ちも　でませんでした。

「ああ　そうか。
わたしは　もう　しんでたんだっけ」

ねこは そっと くちを はなしました。

「ぼくの キスは いたかったよね。

ごめんね…」

そして ぎゅっと とりを だきしめました。

「びっくりしたけど いたくなかったわ」

と とりは つたえたかったけれど

やっぱり こえは でませんでした。

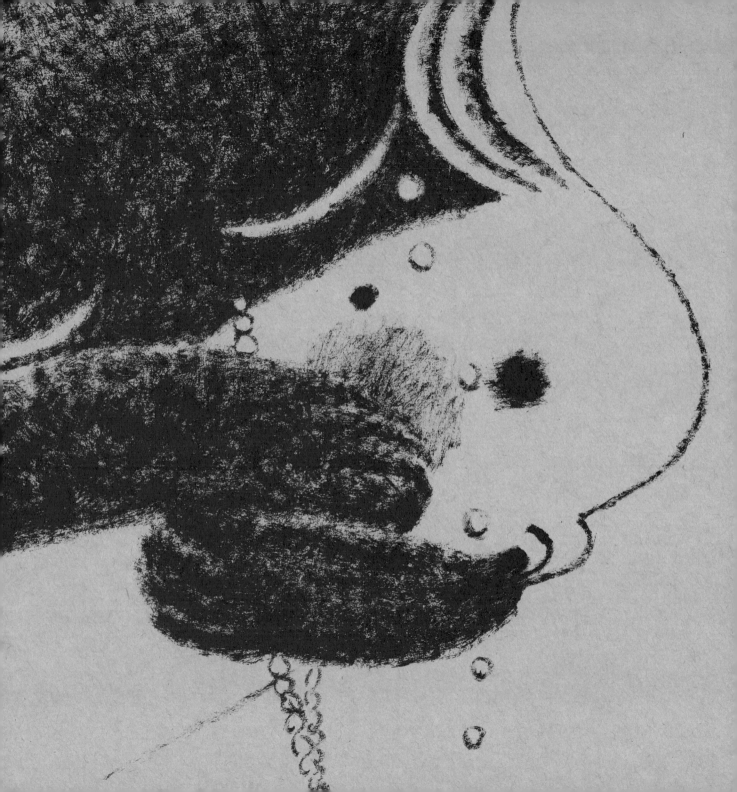

そのとき　ねこの　かんだ　ところから
うたが　もれてきました。
きいたことも　ないような　すみきったこえで
しらないまちのはなしや
しゃしんのこと
まほうのときかた
がらくたのゆめ……

すべてが　うたになって　きこえてきました。
まるで　とりの　こころが　はばたいたかのようでした。

ねこは　いつまでも　いつまでも
とりを　だきしめて　いました。

真夜中だけの遊園地　夜明けと共に消えたあの街
はしゃぐ子どもの声が大好きだった 世界はまだ終わってなんかない
何もない日の記念撮影　飲めないままの大事なワイン
ライ麦パンに毎朝一緒に食べた 食卓に白いベッド
目をとじた時 ふれられるほど 近く感じるあの景色は 切ない程に消えないんだよ
ねえ きこえる？ 今夜も

うたはいつまでも　愛の中に風にのって 生きていて
さよならがいつも　愛しい時間をくれた事 もっと愛せたなら
窓辺から見た 大きな ゆうひ　息をのんだ美しさは 一度たりとも 誰かにとって
同じじゃないよ　きっと
うたは君だけを　愛のままに 包みこむよ 忘んないで
さよならの中で 愛しい時間が 巡ってたよ ありがとう

key = C

何もない日の記念撮影
飲めないままの大事なワイン
ライ麦パンは毎朝一緒に食べた

もう 行くよ
君を好きなままで

この本を刊行するにあたりご協力くださった、ヒーローガレージ佐藤さん、浅野さん、須藤さん、ongaq伊藤さん、船山さん、三浦さん、ストロボ脇坂さん、WABISABIさん、木村さん、石田さん、岩城さん、誠にありがとうございました。

たなか しん
1979年3月26日生まれ
絵の下地にアトリエのある明石の海の砂を使い、独特のマチエールを生みだす。
画家として活動する傍ら2002年頃から絵本を描き始める。イタリア・ボローニャでの出会いをきっかけに台湾のGrimm Pressから「巧克力熊」を出版。国内外で出版を重ねている。
海外での展覧会への参加、舞台美術、広告、服飾デザイン、キャラクターデザイン、講演、ワークショップなど、幅広く活躍中。

竹澤 汀（たけざわ みぎわ）
1991年6月19日生まれ
高校2年の頃、Sony MusicトビラボのオーディションからSDに所属したことをきっかけに、ソロ活動を開始。
2010年、Goose houseの前身となるPlayYou.Houseに参加。2011年〜2017年3月、Goose houseメンバーとして活動。
2017年4月からシンガーソングライターとして活躍しながら、多方面のクリエイティブに関心を寄せている。

うたえなくなったとりと　うたをたべたねこ

2017年11月25日　初版
2023年4月18日　第3刷

絵・文：たなか しん

歌：竹澤 汀（たけざわ みぎわ）

発行者：足立 欣也
発行所：株式会社求龍堂
　　　　〒102-0094 東京都千代田区紀尾井町3-23 文藝春秋新館1階
　　　　TEL.03-3239-3381（営業） 03-3239-3382（編集）
　　　　https://www.kyuryudo.co.jp
印刷・製本：株式会社東京印書館
デザイン：たなかしん
編集：深谷 路子（求龍堂）

©2017 Shin Tanaka, Migiwa Takezawa
Printed in Japan
ISBN978-4-7630-1727-7 C0093

本書掲載の記事・写真等の無断複写・複製・転載ならびに情報システム等への入力を禁じます。
落丁・乱丁はお手数ですが小社までお送りください。送料は小社負担でお取り換え致します。